LES CHEMINS EMPRUNTÉS

Depuis longtemps déjà, je vais par les chemins
Point ne les prends, je ne fais que les emprunter
Aussi, je vous invite en vous prenant la main,
De venir avec moi pour vous y promener…

COLETTE B. GEORGET

LES CHEMINS EMPRUNTÉS

Poèmes

LES EDITIONS LA BRUYERE
128, rue de Belleville
75020 Paris

De cette édition
il a été tiré 30 exemplaires
numérotés de 1 à 30
représentant
l'édition originale

Dépôt légal : 2e trimestre 1999
ISBN : 2-84014-557-X

MISTRAL

C'est bien toi le vent qui dévale
Qui descend tout droit de là-haut
Que l'on a appelé mistral
Et qui fait fuire le passereau.

Tu couches le jeune olivier
Qui va mourir de ton passage
Chaque fleur peut t'identifier
Pourtant tu n'as pas de visage.

Ta course est si précipitée
Que l'on dirait que tu redoutes
Un vent qui viendrait détourner
Ta chevauchée, folle déroute.

Tu viens au pays des cigales
Croyant y apporter l'ivresse
Mais tu n'es pour elles que rival
Car violentes sont tes caresses.

Je te reconnais, tu es froid
Tu veux venir à ma rencontre
Pour toi n'existe nulle Loi
Si je te résiste, je tombe.

Mes larmes par toi, vont sécher
Arrêtant leur pluie de cristal
Et mon cœur tout ébouriffé
De toi, va s'éprendre, mistral.

RÊVER

En regardant le clair de lune
Un soir, je me mis à rêver
Alanguie dans ma lassitude
Et de mes songes, enveloppée.

Je survolais l'immensité
J'étais oiseau, j'étais abeille
J'étais ivre de liberté
Mon rêve avait un goût de miel.

C'est dans une onde de douceur
Que la lune éclairait encore
Que je me noyais d'un bonheur
Allant du couchant à l'aurore.

Mais un nuage se profila
La lune se voila de brume
Vite mon rêve s'éclipsa
Emportant mon beau clair de lune.

CHAGRIN

J'ai vu un jour sur le boulevard
Une pauvre femme en larmes
Elle avait l'air bien malheureux
Gris étaient déjà ses cheveux.
Elle marchait le dos courbé
Les yeux, elle devait s'essuyer.
Elle s'arrêta un instant
Et sanglota comme une enfant
En se mouchant, reprit sa route
Combien malheureuse, sans doute.
Moi, je la suivais du regard
Voyant de loin son air hagard.
Encore une fois, elle s'arrêta
En avant elle se pencha
Posa son sac devant ses pieds
Mon Dieu, qu'elle faisait pitié.
Une affiche, elle regarda
Collée sur le mur, là-bas
Et elle s'arrêta de pleurer
Tout d'un coup, comme consolée.

Je ne saurai jamais pourquoi
Cette femme eut soudain de la joie
Sur l'affiche était dessiné
Le portrait d'un clown grimé.

CONTE D'HIVER

C'est l'hiver et mes doigts sont gourds
Tant il fait froid sur le chemin
Je vais faire quelques détours
Pour aller me chauffer les mains.

Et le vent souffle aux alentours
La froidure m'engourdit les pieds
Je vais vite les mettre au four
Une fois mes souliers ôtés.

Il fait froid et mon nez rougit
En faisant des gouttes givrées
Je vais prendre des braises rougies
Pour réchauffer mon pauvre nez.

En allant me chauffer les mains
Je me suis fait brûler les pieds
Et suis devenu le lutin
Qui chaque hiver, cherche son nez.

A GRAND-MERE (1870-1948)

Le sourire des anges aux lèvres
Le visage inondé de lumière
Les yeux encore pleins de bonté
Le front écrasé de clarté
Pour l'éternité les mains jointes
Les lèvres roses comme peintes
Tu es partie comme cela
La vie précède le trépas.
Tu illumines les ténèbres
Tu en es devenue la reine
Tu as mon amour pour linceul
Oh ! Toi ma merveilleuse aïeule
Tu es dans le coton du ciel
Ton paradis est éternel
Tu es pour moi toujours vivante
Tu me protèges, point ne me hantes.

Qui n'a vu sortir de ta tombe
Un jour une blanche colombe
Qui n'a vu ton âme s'envoler
Vers les grandes divinités.

JE REGARDAIS LA MER

Je regardais la mer
Où se mirait l'azur
En ce matin si clair
Qu'inondait un ciel pur.

La Méditerranée
La mouette immobile
Là, se noient mes pensées
Dérivant vers une île.

Et l'écume d'argent
Vient caresser la mer
Et le ciel qui s'étend
Plonge dans sa lumière.

Goélands je vous aime
Au soleil de Juillet
Je pose sur vos ailes
Un poème d'été.

Je regardais la mer
Où nagent les reflets
D'une danse guerrière
Où je me suis noyée.

L'OUTRAGE DU TEMPS

La vieillesse n'est-elle pas un drame
Quand l'apparence seule a vieilli
Quand se cache sous la peau d'âne
L'âme en fleur de la jeune fille.

Oui, la vieillesse est dramatique
Quand l'intérieur n'est que jeunesse
Quand arrive l'âge canonique
Et que l'enveloppe s'affaisse.

Mais l'extérieur n'est qu'une image
Qui seule, est offerte aux regards
Aux yeux qui ne voient que dommages
S'ils savaient combien ils s'égarent.

Faut-il donc subir les outrages
Du temps qui passe en se moquant
Ne peut-on pas tourner les pages
A l'envers, de temps en temps.

... /...

Un bijou dans un vieil écrin
N'attire pas l'humble mortel
Mais s'il l'ouvrait un beau matin
Le jeu en vaudrait la chandelle.

Oui, la vieillesse est bien un drame
Quand seule l'enveloppe a vieilli
Avant que les roses ne se fanent
Moi, je l'avais déjà compris.

Si un jour il vous prend l'envie
De faire endroit de mon envers
Ce jour-là vous aurez compris
Le sens de ces modestes vers.

FLEUR BLEUE

Une fleur bleue vint s'épanouir
Un jour de mai dans mon jardin
De la voir j'eus tant de plaisir
Que je l'effleurai de la main.

Ce fut un paradis d'azur
Que le soleil vint inonder
De ses rayons aux lueurs pures
Et de son immense clarté.

Le bel astre couleur de feu
Rayonnait au doux vent de mai
Là-haut le ciel était si bleu
Que la fleur s'y confondait.

J'aime les fleurs parées de bleu
Elles fleurissent mes pensées
Je suis moi-même un peu fleur bleue
Offrez-m'en une si vous m'aimez.

RONDEAU DE BONNE ANNEE

Amis, voici l'année nouvelle
Ecoutez-bien, car aujourd'hui
Déjà loin sont les hirondelles
Envolées au fond de la nuit
Portant l'an passé sur leurs ailes.

Sur les branches de la Noël
Il faut aller cueillir le gui
Avant les douze coups de minuit
Amis, voici l'année nouvelle.

En ce jour qui est solennel
Que l'univers soit réjoui
Que la paix devienne éternelle
La terre n'est pas le paradis
Mais mon amour est infini
Amis, voici l'année nouvelle.

MAMAN (1901-1986)

Deux ans après, me voilà là
Remplie de ta seule pensée
Quand la vie t'arracha à moi
Mon esprit faillit s'égarer.

Je fus terrassée par le sort
Je ne pris jamais l'habitude
De me consoler de ta mort
Et je connus la solitude.

Enfant, je fus redevenue
Et je cherchai en vain l'absente
Seule ici-bas comme perdue
Je ne pus remonter la pente.

Pour combler ton amour perdu
Je cherchai la grande lumière
Mais personne ni rien ne put
Exaucer ma pauvre prière.

Depuis le temps que tu reposes
Je me demande désormais
Si j'accepterai cette chose
Si je retrouverai la paix.

... /...

Tu avais grand âge pourtant
Mais mon cœur fut inconsolé
Qu'importe le nombre des ans
Quand une mère nous a quitté.

Moi je te croyais immortelle
Mais folles étaient mes pensées
Jamais la vie n'est éternelle
Et la tienne s'en est allée.

Je voudrais soulever tes voiles
Où depuis deux années tu dors
Broyer de mes dents les étoiles
Et te revivre dans ta mort.

Le temps fait passer le monde
Et il s'arrête à chaque instant
Mais l'obscurité est profonde
Quand il nous prend notre maman.

LA LEGENDE DU PETIT CHEVREAU

Un chevreau qui tétait sa mère
Fit tomber maladroitement
Dans l'herbe, deux gouttes de lait
Entre les pattes de sa maman.

La première goutte s'envola
Emportée par les alizés
C'est cette goutte ce jour-là
Qui fit naître la voie lactée.

La deuxième goutte se posa
Sur une fleur dont le calice
Epris d'amour, la dégusta
Donnant vie à la fleur de lys.

Et depuis, les petits chevreaux
Gambadent sur la voie lactée
Où se reflètent les troupeaux
Et le lys au fond des vallées.

L'OMBRE

Si mon ange gardien est mon ombre
S'il me plaque à l'horizontale
Aux rayons du soleil, je sombre
Et sur la terre, je m'étale.

Il faut quand même remercier
Mon inséparable ange nègre
Qui, c'est certain a oublié
De vieillir mon reflet d'ébène.

Nous ne pouvons nous séparer
Mais quand je serai dans la tombe
Il n'aura plus qu'à s'envoler
Car moi, je ne ferai plus d'ombre.

Adieu mon bel ange gardien
Tu me plaques à l'horizontale
Ouvres vite tes ailes et viens
Ombrager ma pierre tombale.

LES AMOURS PLATONIQUES

J'ai envie d'écrire ces vers
Qui vont rimer avec amour
Et pourquoi pas avec toujours
Si j'accorde bien tous les airs.

Mais l'amour plein de fausseté
Fait souvent acte avec le diable
Il se met un jour en cavale
Laissant vote cœur hébété.

L'amour n'est pas de bonne race
S'il n'aime qu'abuser des sens
D'autres parfums, d'autres essences
Embaument mon cœur à la place.

Seul l'amour qui soit véridique
Et qui se veut d'être éternel
Qui ne brûle comme chandelle
Ne peut être que platonique.

Ce rêve digne de Ronsard
Rafraîchit tout à coup mon cœur
Et m'envahit d'une chaleur
Qui me parcourt toute, ce soir.

Si j'ai bien accordé les airs
Qui ont rimé avec amour
Et pourquoi pas avec toujours
J'ai bien fait d'écrire ces vers.

IL A NEIGE

Quelle surprise ce matin
De voir le jardin sous la neige
L'hiver s'est éveillé enfin
Et s'est réalisé mon rêve.

Les flocons sur les branches nues
De l'arbre devenu frileux
Se posent et sont les bienvenus
En offrant leur manteau neigeux.

Dans le parterre immaculé
Les pas étoilés des oiseaux
Ressemblent à de petits bouquets
Reliés par de frêles rameaux.

Gouttes d'argent d'orfèvrerie
Pendent du haut du firmament
Portant une livrée jolie
Revêtue pour quelques instants.

La neige poussée par le vent
Ressemble à un voile, qu'une fée,
Un jour, en se précipitant
Aura sûrement oublié.

Et mon cœur qui n'est pas frileux
S'enveloppe dans ce blanc manteau
J'aime tant les matins neigeux...
Les pas étoilés des oiseaux.

LE TEMPS QUI PASSE

Qui n'a pas vu le temps passer
Ne sait pas que passe le temps
Aussi vite qu'un temps pressé
Et poussé par un autre temps.

Et qui n'a jamais eu le temps
De regarder le temps s'enfuir
Et qui n'a jamais pris le temps
De voir une rose fleurir.

Vite, vite passe le temps
Et le temps ne s'arrête pas
Qui veut courir après le temps
Ne ménagera pas ses pas.

Ce soir, je revoyais le temps
Je repensais au temps passé
Peut-être aurai-je encore le temps
De le voir avant de passer.

MUSIQUE ET POESIE

Etaient couchés sur le papier
Tercets, quatrains, alexandrins
Les rimes s'étaient abandonnées
Sur une couche de parchemin.

Au lointain, s'égrenaient les notes
De mélodies inachevées
De soupirs, silences et gavottes
Et de noires sur la portée.

Les sons emportés par le vent
Vinrent jusqu'aux rimes abandonnées
Celles-ci en se réveillant
Se détachèrent du papier.

Les notes, en les voyant passer
Mirent le La au diapason
Toute la gamme fut transpercée
Par les flèches de Cupidon.

La musique et la poésie
S'accordèrent à l'unisson
Et de cette harmonie naquit
Une merveilleuse chanson.

LA PAGE BLANCHE

Ce soir, vous ne pourrez me lire
Je suis devant ma page blanche
Que je n'arrive pas à noircir
Ma plume souffrant de défaillance.

Pourtant, j'aurais pu vous parler
De toutes les saisons, en somme
De printemps, d'hivers et d'étés
Et puis des teintes de l'automne.

Ou vous dire des mots d'amour
Qui, paraît-il, ne meurent jamais
Parce qu'ils riment avec toujours
Mais s'effacent comme la craie.

J'aurais aimé vous raconter
Les sentiers au fond des sous-bois
Où j'aime tant me promener
Et m'y égarer quelquefois.

Vous parler de mes jours de pluie
De mes brouillards, de mes orages
De mes espoirs engloutis
Ou encore de mes naufrages.

... /...

Du papillon qui, s'envolant
Est en peine d'une fleur des prés
Dont il rêve devenir l'amant
Aux espoirs de fécondité.

J'aurais pu vous conter l'histoire
De ce garçon qui se pendit
Aux branches de son désespoir
Qui avaient ombragé sa vie.

Ou l'histoire de cette fée
Qui, se penchant sur mon berceau
En partant, aurait oublié
Sa baguette dans mon cerveau.

Ce soir, vous n'avez pu me lire
Pardon pour cette défaillance
Maintenant il vous faut partir
Ou bien, tourner la page blanche.

Mais, je voudrais quand même dire
Qu'un beau jour, vous serez cités
Pour avoir réussi à lire
Des mots que je n'ai pas tracés.

CAMILLE (11.9.1992)

C'est par ce jour de fin d'été
Qu'est arrivée notre Camille
Larmes de joie en ont coulé
Sur les deux joues de la famille.

C'était hier le onze Septembre
Que toutes les fées réunies
Ont posé leur regard si tendre
Sur ma belle petite fille.

Que de fraîcheur, que de bonheur
Accompagnent cette poupée
Que de joie et que de splendeur
Illumine notre maisonnée.

Un jour, je lui prendrai la main
Et toutes deux, en cheminant
Nous emprunterons les chemins
Que je pris avec sa maman.

Les gens, en nous voyant passer
Entre deux rangées de tilleuls
Diront, les yeux émerveillés :
C'est l'enfant avec son aïeule.

LE REVE DE L'ESCARGOT

Un escargot méridional
Me raconta un jour d'été
Qu'il fit un rêve peu banal
A l'en croire, bien arrosé.

La pluie s'était mise à tomber
Mouillant le toit de sa maison
L'eau se mit à dégouliner
Et lui donna quelques frissons.

Tous les arômes, tous les nectars
Au parfum et au goût de miel
Vinrent se répandre ce soir
Pendant que s'épanchait le ciel.

Un papillon bleu se posa
Sur une feuille détrempée
Sa belle robe s'envola
Faisant place à chenille mouillée.

Et le pin sous son parasol
S'abritait des gouttes de pluie
Et la cigale fit en bémol
La plus belle des mélodies.

Le mimosa se mit à boire
A cette source d'abondance
Et l'escargot, il faut le croire
Le vit faire des pas de danse.

... /...

La pluie tombait sur le rivage
Et le sable devenu blanc
Ressemblait à ce beau plumage
De la mouette, s'envolant.

Le geai, au panache de roi
Se vit en chapeau de zozo
Mais la pie se fit une joie
De rassurer le bel oiseau.

Les hautes agapanthes bleues
Toujours pompeusement parées
Ont toutes exprimé un vœu
En voyant la pluie de l'été.

La vigne but et s'ennivra
De ce breuvage tombé du ciel
Jusqu'à la lie elle s'étancha
Elle en vit trente six chandelles.

Même l'azur était mouillé
Et la mer frissonnait de joie
Elle riait d'être caressée
Par les larmes de l'au-delà.

Moi, j'écoutais, émerveillée
Le récit de mon escargot.
Soudain, je me suis éveillée
Et dehors, il tombait de l'eau.

C'EST L'HEURE

C'est l'heure, je vois la nuit descendre
Pleine de tristesse est mon âme
La cheminée n'est plus que cendre
Là-haut, les étoiles se pâment.

C'est l'automne et sur moi s'effeuille
Le temps qui fuit de jour en jour
Devrais-je prendre à jamais le deuil
De mon espoir en ton amour.

La flamme qui ne peut s'éteindre
Brûle de toi, toi si lointain
Et je n'ai qu'une seule crainte
C'est revivre chaque matin.

J'aimerais te tenir la main
Avant que mon hiver ne vienne…
Pour y blanchir mon chemin.
Mais ta main serait dans la mienne.

BRUMES D'AUTOMNE

C'est l'automne et sur les sentiers
Que je devine dans la brume
Je m'en vais ......foulant de mes pieds
La campagne couleur de lune.

La prairie déjà automnale
S'étire sous ses feuilles flétries
Le colchique pose ses pétales
Sur la nature défleurie.

Les oiseaux ont quitté le nid
Devenu noir comme du jais
Et la fauvette est repartie
Emportant sa couvée de mai.

Les champs sont devenus brumeux
Volent au-dessus, les noirs corbeaux
Les champignons sont vénéneux
Ils se cachent sous leur chapeau.

.../...

Sous les pâles nuées de Novembre
La campagne semble effacée
Une lointaine odeur de cendre
Rappelle les bois consumés.

Au loin s'étendent les bruyères
Aux couleurs des feux de l'automne
Rares rameaux en habit vert
Au tournoiement du vent, frissonnent.

Les arbres sont devenus roux
Leur cime semble toucher le ciel
Pour aller y cueillir le houx
Il faudra faire la courte échelle.

Dans la campagne couleur de lune
Je marche et je guide mes pas
Qui vont ……se perdant dans la brume
Mais qui ne te rattrapent pas.

CONSEILS POSTHUMES

Mes chers amis, quand je mourrai
Plantez un saule au cimetière
Sous son ombre je dormirai
Lui, pleurera comme naguère.

Déjà sera venu le temps
Du passé qui se figera
Au souvenir de mes tourments
Qui auront su s'arrêter là.

Le ciel qui sera triste et beau
Se noiera au soleil couchant
Et glissera au fil de l'eau
Emportant ma vie hors du temps.

Mes bons amis, ne pleurez pas
Le jour où je trépasserai
Le vieux saule s'en chargera
Car c'est un pleureur, je le sais.

LES TILLEULS

La cour d'école de mon enfance
Etait plantée de grands tilleuls
Leurs fleurs y faisaient une danse
En tourbillonnant jusqu'au sol.

Les enfants jouaient, couraient, riaient
Moi, je préférais regarder
Les ailes qui se détachaient
Que le vent faisait voleter.

De mes yeux candides, je suivais
Le vol plané de leurs hélices
Qui se perdaient au vent de mai
Avant que l'été ne fleurisse.

Par les bourrasques emportées
Fleurs des tilleuls de mon enfance
Depuis si longtemps fanées
Vous avez cessé votre danse.

REVE ETOILE

Une étoile aimait un bel astre
Qui se confondait au ciel vaste
Il se noyait aux horizons
S'y mêlait à chaque saison.

La pauvre étoile solitaire
Et si lointaine de la terre
Aimait ce chevalier errant
Qui se perdait au firmament.

Un jour, le bel astre la vit
Elle osa lancer un défi
Mais il la regarda à peine
Qui vous aimez, point ne vous aime.

Réciproque ne fut pas l'amour
La nuit prit la place du jour
L'étoile, dans son désespoir
S'éteignit et la nuit fut noire.

Soudain, sonna un carillon
La belle étoile fit un bond
Le son des heures égrénées
Etait venu la réveiller.

LE RAYOL

Pour vous raconter Le Rayol
Qui est un coin de paradis
Où les cigales farandolent
Je fais place à la poésie.

Dans ce beau village varois
Qui prend en marche le train des pignes
Et vous emporte à la fois
Vers la mer et vers les collines.

Figuiers, orangers, citronniers
Faisant une ronde sucrée
Entraînent cyprès et oliviers
Dans une danse parfumée.

Geais, rossignols et autres pies
Accordant leurs cordes vocales
Nous font entendre des mélodies
Qui s'envolent de leur chorale.

Les Maures qui s'y sont installés
Ont vu des levers de soleil
Eclairant les siècles passés
D'une lumière sans pareille.

De ses crêtes découpant l'air
Nous voyons descendre le soir
En procession crépusculaire
Des oiseaux habillés de noir.

... /...

Jonché par les plus belles fleurs
Baigné de Méditerranée
Village pour lequel mon cœur
N'a pas fini de s'embraser.

Ses ancêtres les Sarrazins
Sont venus fouler de leurs pieds
Les verveines, les romarins
S'étalant sous ses arbousiers.

Oubliant qu'il fut un chasseur
Maurin des Maures un beau matin
Ebloui par tant de splendeurs
Aura détourné son chemin.

Je n'ai à donner pour adresse
Que ce beau site protégé
Si j'ai pour lui de la tendresse
Avec vous, veux la partager.

C'est en gravissant ses degrés
Qui semblaient sortir de la mer
Qu'un jour je me suis attardée
Qu'un jour j'y ai fixé ma terre.

J'ai fait place à la poésie
Pour vous raconter Le Rayol
Qui est toujours le paradis
Où les cigales farandolent.

IL FAUT SAVOIR

Il faut savoir mourir à temps
Avant que la décrépitude
Fasse noce avec châtiment
Fasse école avec lassitude.

Quand les printemps s'en sont allés
Pour ne faire place qu'à l'hiver
Il faut partir à pas feutrés
De ses semelles, ôter la terre.

Quand le parfum n'est plus aux fleurs
Quand la vie n'est plus au sourire
Laissez les vieux dans leur candeur
Hommes de science, il faut mourir.

Partir par le dernier wagon
En réservant seul, un aller
C'est refleurir chaque saison
C'est partir dans la dignité.

L'acharnement de thérapie
De deuil veut s'envelopper
Quand il n'y a plus d'embellie
A quoi bon la caducité.

Avant que le jour ne décline
Il faut ne plus être vivant
Abandonner ses médecines…
Il faut savoir mourir à temps.

EN EFFEUILLANT LA MARGUERITE

En effeuillant la marguerite
Oh ! toi belle fleur de la plaine
Je ressens un effet magique
Je peux te le dire JE T'AIME.

En effeuillant la marguerite
Je me surprends à faire un vœu
Je l'aime cette fleur unique
Et je ne l'aime pas UN PEU.

En effeuillant la marguerite
Qui est plus tendre que le houx
J'aime cette fleur féérique
Oui, vraiment je l'aime BEAUCOUP.

En effeuillant la marguerite
La marguerite s'effeuillant
J'aime cette fleur idyllique
Je m'en éprends PASSIONNEMENT.

En effeuillant la marguerite
J'ai failli y perdre la vie
Tant j'aime la fleur angélique
Ma raison tourne A LA FOLIE.

En effeuillant la marguerite
Un pétale effleura ta joue
Cet amour fut-il platonique ?
Non, il ne le fut PAS DU TOUT.

MES VERS A HUIT PIEDS

Si mes vers sont des papillons
Ils vont sortir de ma maison
Voler au-dessus de la haie
Et se poser sur votre baie.

Si mes vers courent à pieds nus
Courent en ma tête chevelue
Ils vont se mettre à vos pieds
Pour que leurs pas, vous emboitiez.

Mais si mes vers sont imbéciles
Dites-le moi que je m'exhile
Ainsi j'irai par les chemins
Où je vous chercherai, en vain.

Et si mes vers ne sont que gloire
Je suis Narcisse à son miroir
Mais vous le comprendrez un jour…
Mes humbles vers n'étaient qu'amour.

COLINE (17.12.1997)

C'est à la veille de l'hiver
Par un après-midi frileux
Qu'est apparu dans l'univers
L'évènement le plus heureux.

Toi, ma petite fille qui es née
Toute rose, toute divine
Aussi jolie que ton ainée
Et portant pour prénom Coline.

Comme une jacinthe de Noël
Sur un parterre de broderie
Tu es fraîche comme la dentelle
Sur une robe d'organdi.

Les fées qui ont fait un détour
Pour, sur ton berceau, se pencher
Ont déversé la pluie d'amour
Dont mon cœur était inondé.

Je dépose mille baisers
Sur ta petite frimousse rose
En faisant un vœu insensé :
Que les années fassent la pose.

EN CE TEMPS-LA

En ce temps-là, j'allais naissant
Par une blanche journée d'hiver
Un jour de neige éblouissant
Où je rentrais dans l'univers.

En ce temps-là j'eus mes dix ans
Timide et souvent solitaire
J'allais si peu vers les enfants
Ma meilleure amie fut ma mère.

En ce temps-là, quand j'eus vingt ans
Je me parfumais de violette
Et puis je lisais tant et tant
Mon amour alla aux poètes.

En ce temps-là, je pris trente ans
N'est-ce pas le temps des délices
Je fis d'adorables enfants
Et puis je me mis à écrire.

... /...

En ce temps-là, j'eus quarante ans
J'étais au midi de ma vie
Et j'allais, en me souvenant
De ma jeunesse qui avait fui.

En ce temps-là, j'eus cinquante ans
Il fallut prendre ce virage
Qui ne rime pas avec printemps
Et qui annonce les ravages.

En ce temps-là, et c'est hier
Je franchissais mes soixante ans
Me voilà donc sexagénaire
Et moi qui se croyait enfant.

Plus tard, avec le poids des ans
Quand le crépuscule naîtra
Je dirai : « Mais où est ce temps
où j'écrivais "*En ce temps-là*" ».

TOMBER DANS UN CHAMP DE FLEURS ET MOURIR

Je marche dans un champ de fleurs
La terre chaude brûle mes pieds
Les pétales, je viens piétiner
Et m'imprégner de leur chaleur.

Je tombe sur les fleurs écloses
Mon âme est pleine de langueur
A la nature j'offre mon cœur
Qui choit sur un parterre de roses.

Je sombre et j'entends le murmure
D'un déversement de sanglots
Qui s'écoule sur le champ clos
Et qui noie le ciel et l'azur.

Terre, tu vas m'ensevelir
Au creux de tes sillons d'amour
Quel bonheur de tomber un jour
Dans un champ de fleurs et mourir.

MA PLUIE

Quand vint enfin ce jour de pluie
Sur le jardin, ma porte s'ouvrit
Aussi vite, je fus sortie
Pour entendre sa mélodie.

Les champignons sous leur chapeau
Se mirent à l'abri de l'eau
Et je vis un bel escargot
Qui se faisait laver le dos.

La forêt fut toute mouillée
Et la nature fut embaumée
Je regardai la pluie tomber
En m'attardant sur le sentier.

La chanson qu'elle me fit entendre
Fut si cristalline et si tendre
Que mon âme, je voulus vendre
Pour se consumer sous la cendre.

Les gouttes sur les feuilles mortes
Et la pluie leur faisant escorte
Ce matin-là firent en sorte
De me reconduire à ma porte.

CLARISSE (31.12.1997)

Ce tout dernier jour de l'année
A fait que mon cœur se réjouisse
Parmi nous tu es arrivée
Toi, ma petite-fille Clarisse.

Tu es belle comme le jour
Aussi fraîche que la rosée
Foulée par un matin d'amour
Par les pas de toutes les fées.

C'est vers toi que vont mes pensées
Qui fleuriront chaque printemps
Mes parterres ensoleillés
Au jardin de tes yeux d'enfant.

De ma vie, tu en es la flamme
Tes sourires sont la lumière
Qui est venue éclairer l'âme
Et le cœur d'une grand-mère.

Un jour je te prendrai la main
Jusqu'à ce que nos pas nous mènent
A la rencontre du chemin
Où les fleurs te diront : « Je t'aime ».

L'OISEAU BLEU DU BONHEUR

Caché dans l'arbrisseau
Il est un oiseau bleu
Dans le nid le plus haut
Blotti, il est heureux.

Il est toute splendeur
De la queue à la tête
C'est l'oiseau du bonheur
C'est un plumage de fête.

Un jour, vous le verrez
Par un matin vermeil
Et vous le confondrez
Aux rayons du soleil.

Il donne le bonheur
Me suis-je laissé dire
Comblé sera mon cœur
Si je peux le séduire.

Moi, je ne l'ai pas vu
Cet oiseau de malheur
Pourtant j'ai attendu
Près du rosier en fleurs.

POLYMNIE

Oh ! toi qui fus mon sixième sens
Depuis ma tendre adolescence
Je versifie dans tous les sens
Car les vers ont ma préférence;

Oui, vraiment j'eus beaucop de chance
Tu te penchas sur mon enfance
Tu parfumas mon innocence
Par de merveilleuses essences.

Je me perds parfois en errances
Et je cherche ton assistance
Alors arrive la puissance
En même temps que ta présence.

C'est bien grâce à toi que j'avance
Même dans ma désespérance
Ce soir ma plume n'est que démence
Et les rimes sont en partance.

Merci ma muse d'élégance
Par toi, j'écris avec prudence
Malgré toute mon ignorance
Et mes innombrables carences.

Toi, dont je connais la clémence
Pour mes multiples arrogances
Tu me pardonneras, je pense
Aussi, je vais faire silence.

LES BLES

Souvent sur mon chemin, ombragé de grands chênes
Mon pas s'en va foulant la pierre et le caillou
Les blés qui me sourient et qui de moi se jouent
Semblent pourtant vouloir me dire combien ils m'aiment.

Je sens alors en moi la joie qui se déchaîne
Et j'en suis si émue que mon pas trébuchant
N'ose pas labourer à nouveau le grand champ
Parsemé d'épis d'or couvrant la vaste plaine.

Je me risque à travers cette terre féconde
Où les gerbes dorées s'écartent devant moi
Je me sens envahie d'une profonde joie
J'en pleure sur la glèbe que mes larmes inondent.

Dans le beau champ de blé j'avance pas à pas
Allant à la rencontre d'un impossible amour
Bientôt chante la brise comme au soir des labours
Qui murmure ton nom, mais que tu n'entends pas.

SONNET

Il est des jours où mon cœur cherche son chemin
Il médite et il rêve, c'est pourquoi je t'invite
A guetter avec moi une lumière subite
Qui conduirait nos pas vers un pays latin.

Depuis l'aurore et jusqu'à ce que la nuit vienne
Nous irions en gondole nous noyer de plaisir
Nous passerions ainsi sous le pont des soupirs
En suivant le sillage des amours vénitiennes.

Le grand canal nous emporterait dans son lit
Où tous deux endormis au fond de notre nuit
Nous n'entendrions pas la fête et ses fastes.

Percevant les lueurs d'un carnaval lointain
Je devine ton ombre et je cherche ta main
Qui, vite se dérobe et tu n'es plus qu'un masque.

UN AMOUR DEFLEURI

Quand j'ai dit à la fleur de lys
Que seul, c'était toi que j'aimais
Grand, elle a ouvert son calice
J'ai vu des larmes qui coulaient.

Quand j'ai confié à la violette
Tout l'amour que je te portais
Riante, elle a baissé la tête
J'ai bien vu qu'elle se moquait.

J'ai nagé vers le nénuphar
Je lui ai confié mon secret
A mon chagrin, il n'a pris part
Dans le lac, mon cœur s'est noyé.

Alors, j'ai couru vers la rose
J'étais sûre qu'elle comprendrait
Toute rouge et à peine éclose
Elle n'a pas cru que je t'aimais.

.../...

Je suis allée vers le muguet
De m'écouter, je le priai
Ses clochettes se sont agitées
Faisant entendre un glas de mai.

Sur mon chemin j'ai tant cherché
La fleur bleue qui me consolerait
Hélas, je ne l'ai point trouvée
Pour lui dire que je t'aimais.

Ne resta que le chrysanthème
Pour voir défleurir un amour
D'où de sombres petites graines
S'envolèrent au vent de mes jours.

NOT' BELLE LANGUE

Je serions bien mieux à mon aise
Si je pouvions pas respecter
Les règles de not' langue française
Que j'aurions pas à appliquer.

Je ferions moins de fautes itou
Si je pouvions écrire comme moi
Des mots comme je les parlions
Qu'aurions jamais ni foi, ni Loi.

Un jour, si je prenions ma plume
J'écririons bien des mots en vers
Le loup hurlerions à la lune
Pis vous, vous me ferions la guerre.

COUP DE LUNE

La nuit est venue, c'est le soir
Je m'assieds près de la tonnelle
Pour vous raconter une histoire
En m'éclairant d'une chandelle.

La journée chaude s'en est allée
La nuit apporte la fraîcheur
Le soleil est enfin couché
La lune luit dans sa splendeur.

Je ris des rayons du soleil
Qui, jamais ne me brûleront
Je ne sors pas sans mon ombrelle
Ni sans mon large chapeau rond.

Tout le jour, je me mets à l'ombre
En fuyant les rayons brûlants
Qui ne font que des hécatombes
Parmi les vacanciers gisants.

J'écris et la nuit se prolonge
Plus de chapeau et plus d'ombrelle
A la lune rousse je songe
Et je ne me méfie pas d'elle.

Mais qui fait le malin le jour
Ne connaît pas son infortune
La nuit me joua un mauvais tour
Car j'attrapai un coup de lune.

ET MA NORMANDIE…

J'aimerais pour finir vous dire ma Normandie
Vous parler de ses nuées brumeuses de Novembre
Qui recouvrent la plaine baignée de lueurs tendres
Et que bientôt l'hiver, de neige aura blanchie.

J'allais sous le pommier me faisant de l'ombrage
Où j'entendais craquer les branches chargées de fruits
Sursautant quand la pomme tombant, faisait le bruit
D'un grondement qui tonne pour annoncer l'orage.

Plus loin sous la futaie aux écorces rouillées
Mes pas me conduisaient au bocage normand
Bientôt j'apercevais au loin mes grands-parents
Assis tous deux à l'ombre de la grande feuillée.

Puis me voilà venue au pays des palmiers
Adossé aux collines, bordé par le rivage
Mais il m'arrive souvent de penser à l'ombrage
Que me faisaient les feuilles aux branches du pommier.

TABLE

IMPRIMERIE SPÉCIALE
DES ÉDITIONS
LA BRUYÈRE